La luz del amor

The Light of Love

Cenicienta y el príncipe vivían felices en el palacio. La zapatilla de cristal tenía un lugar especial en la ventana. Todas las noches, la zapatilla resplandecía en la luz de la luna.

"Esa zapatilla de cristal siempre nos recuerda que el amor verdadero encontrará una manera de brillar en cualquier oscuridad", decía con frecuencia Cenicienta.

Todos en el reino estaban felices menos la Madrastra y las hermanastras de Cenicienta.

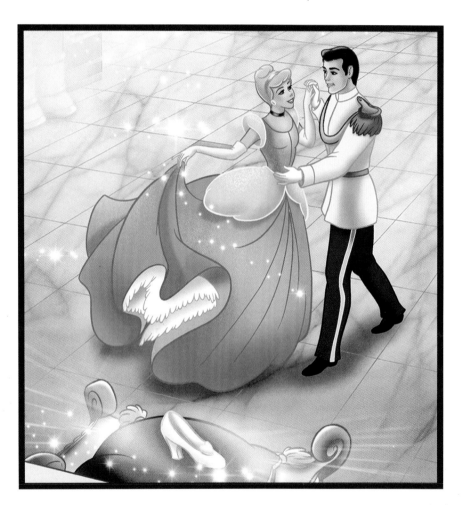

Cinderella and the Prince were living happily in the palace. The glass slipper had a special place by the window. Every night, the slipper shone in the moonlight.

"This glass slipper always reminds us that true love will find a way to shine in any darkness," Cinderella often said.

Everyone in the kingdom was happy—except for Cinderella's stepmother and stepsisters.

Un día, un circo llegó en el reino.

"¡Mi nombre es Dervan, y mi circo es el más espectacular de todo el mundo! ¡Y esta noche la función será gratis!" decía Dervan.

Cuando la Madrastra de Cenicienta vio a un monito del circo robar un brillante reloj, ella pensó de en una manera para por fin deshacerse de Cenicienta.

One day, a circus arrived in the kingdom.

"My name is Dervan, and my circus is the most spectacular in the world! And tonight the show will be free!" said Dervan.

When Cinderella's stepmother saw a circus monkey steal a shiny watch, she thought of a way to finally get rid of Cinderella.

Esa noche, todo el reino estaba emocionado por el circo. Los mejores asientos estaban reservados para la familia real. Pero nadie se daba cuenta de que el monito Sparkle estaba en las gradas robando objetos brillantes, incluyendo la varita mágica del Hada Madrina.

That night, the whole kingdom was excited about the circus. The best seats were reserved for the royal family. But no one noticed that Sparkle the monkey was in the stands stealing shiny objects, including the Fairy Godmother's magic wand.

Pero eso no era todo. Afuera del circo, Dervan y sus hombres saquearon todas las casas. Entraron al palacio y se llevaron todo lo que encontraron, ¡hasta la zapatilla de cristal!

"Si yo alerto a los guardias, seguro los atraparán", dijo la Madrastra de Cenicienta cuando vio a Dervan. "Estoy dispuesta a guardar silencio…si secuestran a Cenicienta", agregó la Madrastra.

But that wasn't all. Outside the circus, Dervan and his men were ransacking all of the houses. They entered the palace and took everything they found—even the glass slipper!

"If I alert the guards, you are sure to be caught," said Cinderella's stepmother when she saw Dervan. "I will keep silent…if you kidnap Cinderella," added the Stepmother.

En el circo, Jaq y Gus siguieron los payasos atrás del escenario. Se llevaron una desagradable sorpresa. Los payasos no eran divertidos. Ellos estaban muy disgustados. En vez de encontrar joyas y objetos valiosos, Sparkle había recolectado cosas sin valor que brillaban.

Back at the circus, Jaq and Gus followed the clowns backstage. They got an unpleasant surprise. The clowns were not funny. They were very angry. Instead of finding jewels and valuables, Sparkle had collected things that were shiny but worthless.

Cuando la función acabó, todos regresaban felices a sus casas.

"¡La zapatilla de cristal ha desaparecido!" exclamó Cenicienta.

"Tal parece que el circo de Dervan no era gratis", dijo el Gran Duque.

"No te preocupes, yo encontraré la zapatilla con mi magia", dijo el Hada Madrina. Pero su varita había desaparecido, también.

When the show was over, everyone returned happily to their homes.

"The glass slipper has disappeared!" exclaimed Cinderella.

"It seems that Dervan's circus was not free," said the Grand Duke.

"Don't worry, I will find the slipper with my magic," said the Fairy Godmother. But her wand had disappeared, too.

Pronto llegó el amanecer y no había rastros de Dervan y sus hombres.

"Todavía tenemos nuestro amor. Eso no puede ser robado", le dijo Cenicienta al príncipe.

Más tarde, Cenicienta estaba atónita cuando su Madrastra entró al palacio y le dio un abrazo.

"Creo que hay una oportunidad para recuperar la zapatilla, pero necesito tu ayuda y no le debes decir a nadie", dijo su Madrastra.

Soon, dawn came and there was no trace of Dervan and his men.

"We still have our love. That cannot be stolen," Cinderella said to the Prince.

Later, Cinderella was stunned when her stepmother entered the palace and gave her a hug.

"I believe that there is a chance to recover the slipper, but I need your help and you must not tell anyone," said her stepmother.

Esa noche, la princesa siguió las indicaciones que su Madrastra le dio. ¡Dervan y sus hombres estaban esperándola ahí para secuestrarla!

La Madrastra fue al príncipe para contarle lo que había pasado.

"Debe querer el dinero", dijo el príncipe. "¡Pagaría lo que fuera para que Cenicienta volviera!"

"¿Has recibido alguna nota de él?" preguntó la Madrastra, sabiendo que la nota que Dervan le había entregado jamás llegaría a manos del príncipe.

That night, the princess followed the directions that her stepmother had given her. Dervan and his men were waiting there to kidnap her!

The Stepmother went to the Prince to tell him what had happened.

"He must want a ransom," said the Prince. "I would pay anything to get Cinderella back!"

"Have you received a note from him?" asked the Stepmother, knowing that the note Dervan had given her would never fall into the Prince's hands.

La Madrastra convenció al príncipe de que ella y sus hijas dejara quedarse en el palacio por si llegaba alguna noticia de Cenicienta mientras él estaba fuera.

"Bienvenidas a casa, niñas", dijo la Madrastra.

En el barco, Dervan le dijo a Cenicienta que ella cocinaría y limpiaría hasta que el príncipe pagara el dinero. Él la encerró con los animales.

The Stepmother convinced the Prince to let her and her daughters stay in the palace in case some news of Cinderella arrived while he was away.

"Welcome home, girls," said the Stepmother.

On the ship, Dervan told Cinderella that she would cook and clean until the Prince paid the ransom. He locked her up with the animals.

Cenicienta les dijo la historia de la zapatilla del cristal y cómo fue que conoció al príncipe. Tanta alegría atrajo la atención de un par de gaviotas. La princesa les ofreció unas migajas.

Mientras en el palacio, las hermanastras de Cenicienta se pasaban todo el día dando órdenes a los sirvientes. Jaq vio que se cayó un papel del bolso de la Madrastra. Lo recogió y se escapó con Gus.

Cinderella told them the story of the glass slipper and how she met the Prince. So many happy stories attracted the attention of a pair of seagulls. The princess offered them some crumbs.

Meanwhile in the palace, Cinderella's step-sisters spent all day giving orders to the servants. Jaq saw that a paper fell from the Stepmother's purse. He picked it up and ran away with Gus.

"¡Es la nota del ladrón! La Madrastra sabía donde estaba Cenicienta todo este tiempo", dijo Jaq.

Gus y Jaq fueron a buscar a Cenicienta a la playa. Por suerte, se encontraron con el Hada Madrina y le contaron lo que había pasado. Pero un par de gaviotas agarraron a los ratoncitos. ¡Ésas eran las gaviotas que Cenicienta había alimentado! Ellas los llevaron a la princesa.

"It's the note from the thief! The Stepmother knew where Cinderella was the whole time," said Jaq.

Gus and Jaq went to look for Cinderella at the beach. By luck, they found the Fairy Godmother and told her what had happened. But a pair of seagulls caught the little mice. These were the seagulls that Cinderella had fed! They carried them to the princess.

Cuando la Madrastra vio al príncipe regresar solo, rápidamente ella escribió una pista falsa en un pedazo de papel y lo ató a una paloma mensajera. Cuando llegó la paloma mensajera, el príncipe decidió seguir a la pista y a buscar a Cenicienta en el bosque.

When the Stepmother saw the Prince return alone, she quickly drew a false trail on a piece of paper and tied it to a pigeon. When the pigeon arrived, the Prince decided to follow the trail and look for Cinderella in the forest.

Cenicienta se puso muy feliz al ver a Jaq y Gus, pero se soltó a llorar cuando escuchó lo que su Madrastra había hecho. Para animarla, Sparkle, Jaq y Gus rescataron la zapatilla de cristal del cuarto de Dervan y se la llevaron a Cenicienta.

Cinderella was very happy to see Jaq and Gus, but she began to cry when she heard what her stepmother had done. To cheer her up, Sparkle, Jaq, and Gus got the glass slipper from Dervan's room and brought it to Cinderella.

Un rayo de luz de la luna tocó la zapatilla y el cuarto se iluminó.

"¡Por supuesto! ¡El verdadero amor siempre encuentra una forma de brillar en la oscuridad!" dijo Cenicienta, mientras la colocaba por la ventana.

"Yo conozco esa luz", dijo el príncipe. "¡Es Cenicienta!"

A ray of moonlight hit the slipper and lit up the room. "Of course! True love always finds a way to shine in the darkness!" said Cinderella, as she placed it in the window. "I know that light," said the Prince. "It's Cinderella!"

Dervan estaba furioso cuando descubrió que Cenicienta mandaba una señal hacia el príncipe. "¿Dónde está Cenicienta?" preguntó el príncipe mientras luchaba contra los piratas.

Dervan was furious when he discovered that Cinderella had sent a signal to the Prince. "Where is Cinderella?" asked the Prince as he fought the pirates.

Mientras tanto, Gus y Jaq encontraron la varita del Hada Madrina y les pidieron a las gaviotas que los llevaran a ella.

En el barco, el príncipe tomó una cuerda y se columpió hacia Cenicienta, tomándola en sus brazos, pero Dervan cortó la cuerda.

"Cuidado con esas rocas puntiagudas, son realmente mortales", dijo Dervan mientras ellos caían.

Meanwhile, Gus and Jaq found the Fairy Godmother's wand and asked the seagulls to carry them to her.

On the ship, the Prince took a rope and swung to Cinderella, taking her in his arms, but Dervan cut the rope.

"Watch out for those sharp rocks—they are really deadly," Dervan said as they fell.

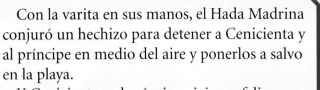

Con la varita en sus manos, el Hada Madrina conjuró un hechizo para detener a Cenicienta y al príncipe en medio del aire y ponerlos a salvo en la playa.

Y Cenicienta y el príncipe vivieron felices para siempre…una vez más.

With the wand back in her hands, the Fairy Godmother conjured a spell to stop Cinderella and the Prince in mid air and set them safely on the beach.

And Cinderella and the Prince lived happily ever after…again.